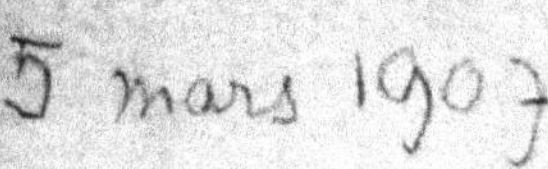

AF555351

ATELIER

F. DE VUILLEFROY

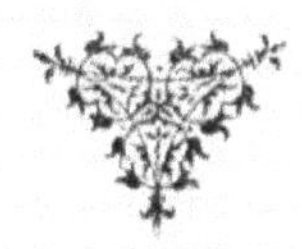

ATELIER

F. DE VUILLEFROY

CONDITIONS DE LA VENTE

Elle sera faite au comptant.

Les adjudicataires paieront *dix pour cent* en sus des enchères.

Paris. — Imp. Georges Petit, 12, rue Godot-de-Mauroi. — 17397-07

CATALOGUE

DES

TABLEAUX

ET

AQUARELLES

Provenant de l'atelier de

F. DE VUILLEFROY

ET DONT LA VENTE AURA LIEU A PARIS

GALERIE GEORGES PETIT

8, RUE DE SÈZE, 8

Les Mardi 5 et Mercredi 6 Mars 1907

à 2 heures

COMMISSAIRE-PRISEUR	EXPERT
Me PAUL CHEVALLIER	M. GEORGES PETIT
10, rue Grange-Batelière, 10	8, rue de Sèze, 8

EXPOSITIONS

Particulière : *Le Dimanche 3 Mars 1907, de 10 heures à 6 heures*

Publique : *Le Lundi 4 Mars 1907, de 10 heures à 6 heures*

PRÉFACE

En 1870, Castagnary écrivait dans son Salon ces lignes, que je veux rappeler en tête de ces pages :

« Il y a tendance, chez les nouveaux venus, à traiter la figure et à considérer la campagne comme le cadre naturel où se meuvent les populations agrestes... C'est ce qu'a fait M. de Vuillefroy, qui, dans un paysage du Bas-Bréau*, peint avec une naïveté et une franchise peu communes, a placé l'épisode des femmes pauvres venant faire du bois dans la forêt. L'effet lumineux du matin est rendu avec un bonheur extrême, et les figures ont juste le caractère qui convient. Qu'est cela, sinon s'élever insensiblement à l'histoire? Peindre la vie et les mœurs qui nous entourent, c'est faire de l'histoire pour ceux qui viendront après nous. »*

C'était le troisième Salon auquel M. Félix Dominique de Vuillefroy prenait part, et, ainsi qu'on en peut juger, l'artiste s'était déjà imposé à l'attention du public, à l'attention d'un critique sagace comme Castagnary, qui ne passait pas pour abuser de l'éloge complaisant ou de la camaraderie.

Pendant de longues années, il fut un assidu de la Société des

Artistes français, où le vote de ses confrères l'avait appelé à faire partie du comité : à chaque Salon, il apparaissait avec des œuvres, où il peignait la vie et les mœurs qui nous entourent, mais la vie des bêtes en même temps que des gens, la vie aux champs, la vie dans les faubourgs des grandes et des petites villes, la vie où le moins de convention sociale s'alliait au plus libre spectacle de la nature.

Qui ne se rappelle ses Chevreuils sur la neige *et sa* Harde de cerfs en automne *(1868)*; l'Attelage de bœufs à Saint-Jean-de-Luz *(1869)*, le Barrage de Chailly *et* le Matin dans le Bois-Breau *(1870)*; l'Herbage *de 1874*; la Traite des vaches *de 1876*; le Souvenir du Morvan *de 1877*; le Retour du troupeau *de 1880, qui fut acquis par l'État, et fait partie, si je ne me trompe, des collections du Luxembourg*; l'Abreuvoir *de 1881. J'en pourrais citer beaucoup d'autres.*

Mais voici qu'un jour, — il y a de cela plusieurs années, — le peintre, qui montrait un zèle si ardent, une activité si féconde pour son art, fut arrêté en plein effort de travail par une maladie, qui ne devait plus lui permettre de reprendre ses pinceaux. Un temps il patienta, comptant toujours sur une convalescence prochaine : il n'avait pas encore l'âge où l'on désespère, étant né en 1842, et il espérait. Mais les mois ont passé, et le mieux ne s'est pas accentué au point qu'il pût revivre sa vie de peintre qu'il aimait tant. Alors, il a décidé de faire place nette et de disperser aux enchères tous ses tableaux, toutes ses études, dont la vue n'était plus, pour ses regards attristés, qu'une tentation vaine. Et voilà pourquoi, non sans un serrement de cœur, il se sépare de tout ce qui fut le charme et le réconfort de sa carrière laborieuse.

Aussi est-ce avec infiniment de respect que j'ai examiné toutes les œuvres, peintures ou aquarelles, plus loin cataloguées, avant de résumer dans ces lignes brèves le jugement que l'on est amené à porter sur le talent de M. de Vuillefroy.

En 1875, à propos d'un tableau très important qui valut à M. de Vuillefroy une seconde médaille, Castagnary, que je veux encore citer, écrivait :

« La peinture d'animaux s'ajoute naturellement au paysage.

Seul, parmi les exempts de cette catégorie, M. de Vuillefroy a su être nouveau. La Rue d'Allemagne, à la Villette, *est certainement un des tableaux les plus originaux du Salon. Qui n'a vu, par un temps de pluie, s'avancer, sur nos grands boulevards extérieurs, un de ces troupeaux de bœufs, que les chiens harcèlent, et que des hommes en blouse, armés de bâtons, conduisent vers les abattoirs. Les chiens aboient, les hommes crient, les bœufs mugissent. Les passants se rangent à droite et à gauche, tandis que, sur le milieu de la chaussée, ce tourbillon de bruit, de formes et de couleurs, passe tumultueusement. Dans le tableau de M. de Vuillefroy, les bœufs, le pavé, les trottoirs, les réverbères, les personnages, forment un ensemble d'une proportion admirable. Le jury a donné une médaille de seconde classe à l'auteur : c'est une de celles que le public intelligent ratifiera avec le plus grand plaisir.* »

Rien n'est plus juste : paysagiste, M. de Vuillefroy le fut avec une sincérité absolue, sachant interpréter le caractère, le climat, l'atmosphère du site, d'une manière qui ne pouvait relever que d'une extrême sensibilité de vision, et d'une observation réfléchie : mais il fut surtout un animalier ; dans ses études de paysage, on sent, à son mode d'expression, qu'il manque à ce décor un animal, bœuf, vache, cheval, âne, cerf, pour que l'œuvre soit complète et définitive. Et lorsque, dans le coin de nature, brossé rapidement, parce que l'effet délicat et fugitif exigeait qu'il en fût ainsi, il esquisse seulement les figures, l'harmonie est charmante, l'arrangement est heureux ; on respire, on vit, on y est, qu'il s'agisse du pré où paissent les vaches, de la place où les maquignons font courir leurs chevaux le jour du marché, de la forêt que l'hiver a enlinceulée de neige, ou de la sierra au sol poussiéreux, qu'escaladent la caravane d'ânes et de mulets, avec leurs harnachements bariolés, et leurs conducteurs qui ont des airs héroïques, comme s'ils s'en allaient aux ivresses sanglantes d'une corrida.

On en pourra juger par les œuvres qui font l'objet de ce catalogue. Au hasard des saisons et des heures, le peintre a installé son chevalet, avec la volonté de pousser aussi loin que possible la recherche du plein air : et par sa notation franche, par sa touche, qui se tient également éloignée de la brutalité ou de la mièvrerie, par le souci qu'il a de demeurer sincère, sans s'abandonner à ce qui ne serait qu'une habileté de métier, il s'est imposé au goût des connaisseurs. Plus tard, on recherchera ces morceaux savoureux de peinture, qui émanent d'un talent assez sûr de soi pour ne se préoccuper jamais de sourire à la mode. En revoyant certaines toiles exposées au Salon, et que le peintre avait gardées par-devers lui, on sera surpris de la belle maturité dont le temps les a parées, et on concluera que chez M. de Vuillefroy les sensations et l'émotivité devant la nature ne se manifestent avec une aussi nette franchise, que parce que sa technique était singulièrement apte à le seconder dans ses moyens d'expression.

S'il n'a plus aujourd'hui la joie de pouvoir produire encore, du moins ne doit-il pas considérer avec mélancolie le geste qui lui fait écarter de son orbe les tableaux et les études, témoins éclatants de son labeur envolé. Il a le droit, quand il embrasse dans son souvenir tout ce qu'il a produit, il a le droit de dire qu'il eut pour évangile ces lignes de Diderot : « Quel que soit le coin de la nature que vous regardiez, sauvage ou cultivé, pauvre ou riche, désert ou peuplé, vous y trouverez toujours deux qualités enchanteresses : la vérité et l'harmonie. »

L. ROGER-MILES

La Rue d'Allemagne à la Villette

TABLEAUX

1 — La Rue d'Allemagne, à la Villette.

Au premier plan, un troupeau de bœufs que l'on mène aux abattoirs. Autour du troupeau, deux chiens noirs se multiplient et excitent les bêtes, soit d'un aboiement comminatoire, soit d'un coup de dent sournois.

A droite, le bouvier guide ses bêtes. Du même côté, sur le trottoir, d'autres bouviers en blouse bleue s'avancent, tandis que leurs troupeaux occupent la chaussée.

Au fond, à gauche, les vieilles maisons de la rue d'Allemagne se dressent, façades bariolées et toitures de tuiles brunes, sous un ciel d'hiver menaçant de neige prochaine.

Le long de la rue, au bord des trottoirs, s'alignent des arbres aux branches dépouillées.

Signé à droite, en bas.

Toile. Haut., 1 m. 22; larg., 1 m. 62.

Salon de 1875 (2e médaille).
Exposition de 1889 : Chefs-d'œuvre du siècle.

2

2 — La Gardeuse de vaches (effet de matin).

C'est le matin dans le pré, au printemps ; il monte de la terre une buée diaphane. A gauche, au premier plan, une vache est en train de paître : elle est vue de trois quarts à gauche, presque de face, le col tendu vers le sol, le mufle au niveau des herbes. Derrière la vache, un veau, vu de profil à gauche, détourne la tête pour se lécher le dos. A droite, à l'ombre d'un arbre aux larges frondaisons étendues, la jeune bergère, en chemise blanche et jupe grise, se tient debout, de profil à gauche et appuyée des deux mains sur un long bâton.

Signé à gauche, en bas.

Toile. Haut., 1 m. 37; larg., 1 m. 82.

Salon de 1893.

Exposition universelle de 1900.

La Gardeuse de Vaches. Effet du Matin

3 — Novembre, forêt de Fontainebleau.

Au premier plan, en un rond-point, un cerf et des biches sont arrêtés et reniflent le vent. Autour d'eux, la forêt s'épaissit : les grands arbres, aux frondaisons rouillées par l'automne, dressent leurs bras nerveux et géants vers le ciel d'azur, qui s'empourpre à l'horizon des feux du soleil couchant. Sur le sol, les herbes hautes et les futaies, brûlées par l'été, cachent mal les roches, dont le sol est bossué et dont le granit, usé par les siècles, se laisse de place en place envahir par les mousses.

Signé à droite, en bas.

Toile. Haut., 85 cent.; larg., 1 m. 35.

4 — Le Dormoir des vaches (effet de nuit).

Sur l'herbe mouillée, les bêtes dispersées sont couchées ; deux d'entre elles, cependant, restent debout, vers la droite. Une buée les enveloppe, expiration de la terre après la journée chaude d'été.

Au fond, à gauche, deux arbres aux branches torturées se dressent. Dans le ciel, où la lune éveille son clair reflet, de grands nuages passent, formes mystérieuses qui glissent dans l'infini, au-dessus de ce coin de nature apaisée.

Signé à gauche, en bas.

Toile. Haut., 62 cent. ; larg., 82 cent.

5 — Marché aux bestiaux, environs de Vichy.

Sur le pré qui s'étend devant les maisons du hameau, que l'on aperçoit à gauche, on a amené le bétail : bœufs, vaches, veaux, chevaux, moutons, etc. C'est, à perte de vue, des lignes d'échines ondulant sous la lumière et marquées, de place en place, de la saillie des cornes aux courbes variées. Au premier plan, à droite et à gauche, on voit des bêtes couchées ; entre elles, dans une sorte de chemin, un paysan, accompagné de sa fille coiffée d'un chapeau de paille, pousse devant lui son troupeau à grands coups de bâton. Devant le troupeau, vers la gauche, un chien de berger à poils noirs est vu de dos, en arrêt. A gauche, dans la poussière, devant les maisons, on aperçoit les gens venus en foule pour le marché. Ciel gris traversé de nuées et de quelques rayons de lumière.

Signé à droite, en bas.

Toile. Haut., 1 m. [illegible]; larg., 2 mètres.

6 — La Prairie, le soir.

Dans la prairie, aux herbes veloutées, des bœufs : l'un bai brun, l'autre isabelle, un autre plus loin blanc taché de brun, sont arrêtés, paissant, près d'une petite mare qui se dessine discrète au milieu de la verdure. Au fond, à droite, d'autres bêtes paissent également.

Les deux bœufs du premier plan dessinent leur silhouette enveloppée de lumière sur l'écran du ciel, où le soleil couchant, jouant derrière les nuées, allume la splendeur de sa féerie.

Signé à droite, en bas.

Toile. Haut., 54 cent.; larg., 65 cent.

7 — Le Marché aux chevaux.

A gauche, les chevaux à vendre sont attachés à une barrière ; à droite, sur le pré, les maquignons essayent d'autres chevaux blancs, bai cerise, gris, les tenant arrêtés ou les faisant courir. Et dans le jour ensoleillé et dans la poussière, ce sont des torses d'hommes en blouse, coiffés d'étranges chapeaux, qui se dressent sur le ciel clair.

A gauche, on aperçoit la silhouette d'une église au clocher pointu, dont le faîte disparaît derrière les frondaisons d'un arbre.

Signé à gauche, en bas.

Toile. Haut., 66 cent.; larg., 92 cent.

8 — La Posada del Poltro, à Avila.

A droite, trois femmes s'avancent au pas lent de leurs ânes ; leurs costumes sont vibrants de couleur et leurs ânes portent le harnachement de fête.

Sur le sol, du même côté, une jeune femme est assise, allaitant son enfant. A gauche, tout près d'un coin où l'on a déposé des corbeilles de fruits, des légumes et des oignons, un jeune gamin est en train d'harnacher un âne. Derrière lui, un de ses compagnons se tient debout, appuyé sur son bâton.

Au milieu, au second plan, des hommes sont en train de boire ou de causer. Plus loin, sous une grande lumière, d'autres ânes apparaissent harnachés en fête ; l'un d'eux est monté par un personnage en gilet vert et veste marron. Plus loin encore, deux femmes, debout, sont en train de causer. Derrière ces figures, on aperçoit dans le mur, au crépit ensoleillé, une petite fenêtre grillée et une porte ouverte.

Signé à gauche, en bas.

Toile. Haut., 81 cent.; larg., 1 m. 17.

Salon de 1892.

9 — La Vague à Dieppe.

C'est au large, la marée monte; la mer, soulevée par un spasme violent, roule ses vagues, qui se heurtent, faisant gicler leur crête toute brodée d'écume. Au-dessus de l'eau, lourde et souple, les mouettes planent, guettant la proie que le flot remué pourra leur offrir. Au-dessus de cet infini, l'autre infini, celui du ciel, s'étend, dissimulant derrière un rideau diaphane de nuées d'orage, l'éclat d'un azur plus apaisé.

Signé à gauche, en bas.

Toile. Haut., 55 cent.; larg., 1 m. 37.

10 — Le Marchandage des poulains.

Au premier plan, à droite, l'éleveur et les maquignons semblent en discussion violente, au sujet de poulains que l'on voit à gauche, massés derrière une barrière. Il y a là des bêtes bai brun, bai cerise et blanches, dont les mouvements sont d'une spéciale vérité. A droite, on aperçoit d'autres poulains au vert; le pré, aux herbes courtes, est éclairé par un ciel où s'envolent quelques nuées blanches.

Signé à droite, en bas.

Toile. Haut., 81 cent. 1/2; larg., 1 m. 17.

11 — Le Passage de la montagne.

Dans la Sierra Nevada, ils viennent de franchir le sommet, et maintenant leur troupe dévale sur la pente, au sol marqué de place en place de bruyères roses.

Hommes et femmes, en costumes bariolés, sont montés sur des ânes et sur des mules. Ils mènent à la ville prochaine leurs troupeaux de bœufs et de moutons. Leur silhouette se dessine sur l'écran du ciel lumineux. Au fond, on aperçoit, de l'autre côté d'une vallée, la cime des montagnes couvertes de neige.

Signé à droite, en bas.

Toile. Haut., 38 cent.; larg., 55 cent.

12 — Le Retour du troupeau.

Le long du chemin tracé à travers champs, le troupeau de bœufs s'avance. Dans le ciel, le soleil, à travers les nuées, allume ses chaudes clartés et ses rayons mettent des frissons d'or sur l'échine des bêtes en marche.

Signé à droite, en bas.

Toile. Haut., 38 cent.; larg., 55 cent.

De Vuillefroy F.

Le Passage de la Montagne

De Vuillefroy F.

Le Retour du Troupeau

13 — La Mare.

Au bord d'une mare, un veau s'est avancé et renifle, de son mufle tendu en avant, la fraîcheur de l'eau. Derrière lui, deux bœufs sont en train de paître. A droite, un âne, vu de face, s'est arrêté à un pas de la mare, hésitant. A fond, de l'autre côté d'une haie qui limite le pré, on aperçoit le toit d'une chaumière dans un nid de verdure. A droite, au premier plan, des feuillages de saule.

Signé à gauche, en bas.

Toile. Haut., 38 cent.; larg., 56 cent.

14 — Le Repos de Pascaline.

Elle s'est assise sur une petite éminence, au bord d'une mare, les mains croisées sur les genoux, la jambe droite un peu repliée; sa figure et ses bras, brûlés par le soleil, laissent deviner le dur labeur dont elle est coutumière.

Signé à droite, en bas.

Toile. Haut., 60 cent.; larg., 81 cent.

15 — Orage vers le soir.

Tandis que dans le ciel la tempête éclate, déchirant les nuages sombres qui obscurcissent l'atmosphère, le troupeau de bœufs s'avance à travers les flaques d'eau qui marquent le sol. A droite, dans un brouillard, on aperçoit le bouvier.

Signé à gauche, en bas.

Toile. Haut., 65 cent.; larg., 82 cent.

16 — **Coin de village.**

C'est en avant du village, dont on aperçoit au fond les chaumières coiffées de tuiles brunes. Un gamin, tête nue, suit le sentier que les pas ont tracé dans l'herbe. Il mène paître ses trois bœufs, l'un noir, l'autre roux avec des taches blanches, le troisième brun.

Ces bêtes au poil long dessinent leurs silhouettes solides sur un fond de verdure que dominent quelques buissons fleuris et quelques massifs d'arbres.

Signé à droite, en bas.

Toile. Haut., 60 cent.; larg., 81 cent.

De Vuillefroy

Coin de village

17 — Une Ferrade à Nîmes.

Le soleil s'est mis de la fête et son poudroiement d'or enveloppe les maisons qui entourent la place, les tribunes qui se dressent à gauche et la place elle-même, où la foule est massée. Au second plan, on aperçoit la bête que les ferradeurs sont en train d'exciter. A droite, du même côté, des gamins sont hissés dans les branches d'un arbre, tandis qu'un autre se suspend à la potence d'un réverbère.

Signé à gauche, en bas.

Toile. Haut., 45 cent. 1/2; larg., 55 cent. 1/2.

18 — Baignade dans le Guadalquivir.

Sous le ciel ensoleillé, les troupeaux de bœufs se baignent dans l'eau du Guadalquivir; ils sont entrés dans le fleuve jusqu'à mi-jambe et sur leurs croupes au poil gras, la lumière vient papilloter.

A droite, sur le sol, raides sur leurs étriers, les bouviers à cheval surveillent leurs bêtes, maniant de la main droite leurs longs aiguillons.

Signé à droite, en bas.

Toile. Haut., 46 cent.; larg., 55 cent.

19 — Le Bonjour espagnol.

Sur la pente de la colline, voici deux femmes montées sur des ânes et qui s'en viennent au marché. En les croisant, un homme, monté sur un âne également, les salue. Leur silhouette dans le soleil se dessine sur l'écran du ciel d'azur.

Signé à droite, en bas.

Toile. Haut., 56 cent.; larg., 55 cent.

20 — Le Pays basque.

Sur la route au sol brulé par le soleil, les bœufs s'avancent, disséminés, cherchant l'ombre. De grands arbres bordent la route, dressant vers le ciel bleu leurs branches aux frondaisons épaisses ; entre leurs troncs, on aperçoit les prés aux hautes herbes émaillées de fleurs.

Signé à gauche, en bas.

Toile. Haut., 1 m. 55 ; larg., 1 m. 85.

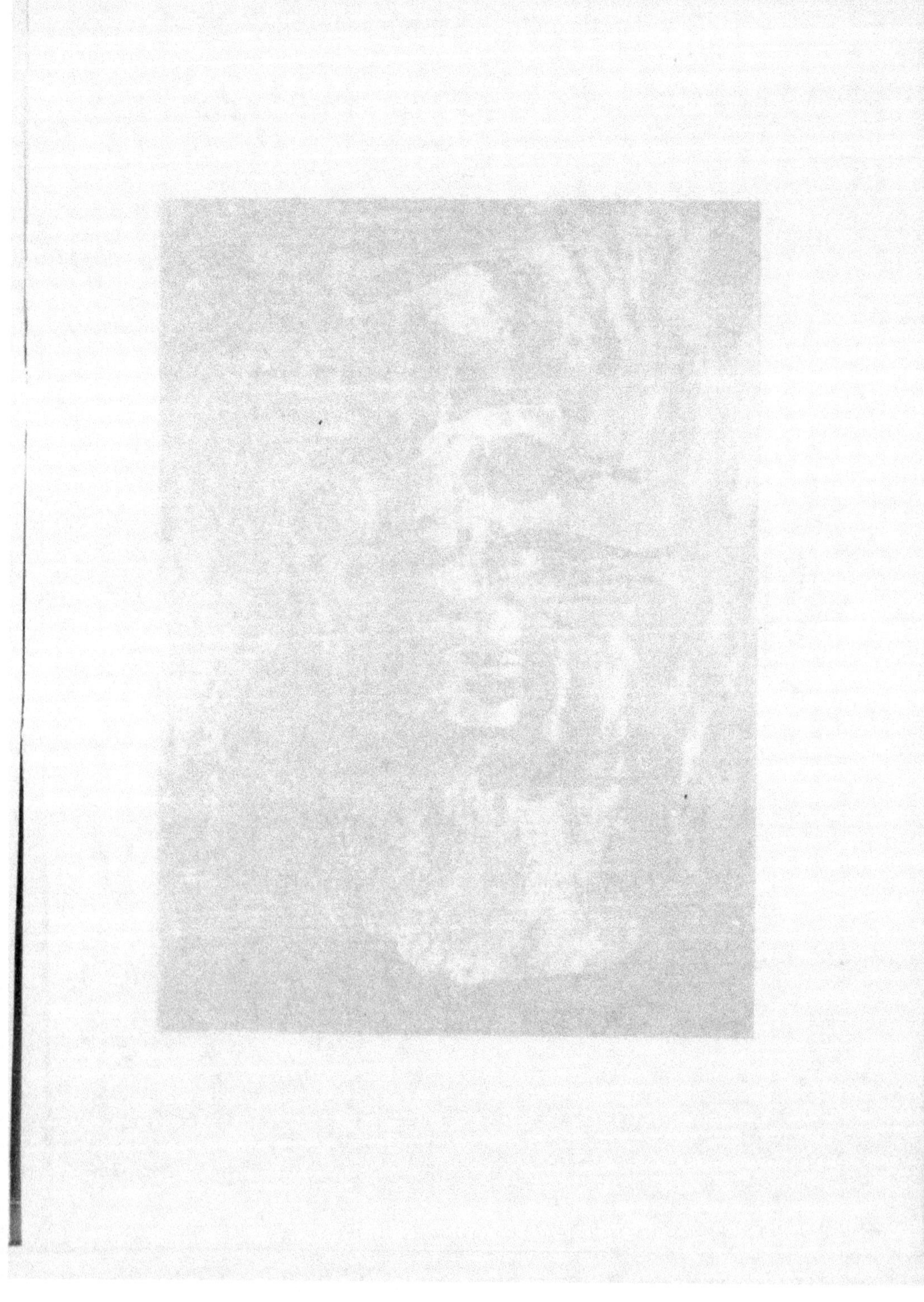

21 — Laboureur.

Dans le champ, le laboureur touche de son bâton ses deux couples de bœufs blancs attelés à la charrue, et lentement le sillon se creuse. On devine que le silence ne doit être troublé là que par le souffle des bêtes et par les appels répétés du bouvier.

Au fond, dans le ciel clair, le soleil qui se couche allume des clartés fauves.

Signé à droite, en bas.

Toile. Haut., 38 cent.; larg., 55 cent.

22 — Le Tombereau.

Au bas du talus dominé par une haute futaie, le tombereau est arrêté, ses roues prises dans une ornière : il est attelé de trois chevaux en flèche, l'un blanc, l'autre noir, le troisième bai brun ; les chevaux sont vus de profil à gauche et de trois quarts à gauche. Leurs silhouettes se dessinent sur un fond de terrain et de verdure. Dans le ciel, des accents chauds de lumière matinale.

Signé à droite, en bas.

Toile. Haut., 38 cent.; larg., 55 cent.

23 — Le Chemin sous la neige.

C'est l'hiver, et la neige accroche son ouate froide aux herbes qui hérissent le sol, ainsi qu'au chemin qui dévale au flanc de la colline. Sur le chemin, les fardiers ont tracé leur sillon dans la neige. Le ciel est clair, et met des notes blondes sur la blancheur qui tapisse le sol.

Signé à droite, en bas.

Haut., 37 cent. 1/2 ; larg., 55 cent. 1/2.

24 — Vaches au pâturage.

Dans le pré au sol fleuri et parfois marqué de bruyères au violet tendre, trois vaches sont au pâturage : l'une, rousse, est vue de face ; l'autre, noire et blanche, est vue de profil, lèchant la corne de sa compagne. Plus loin, à gauche, une troisième vache s'avance lentement, brune, avec le poil de la tête blanc. Leurs silhouettes se dressent sur un fond de ciel d'azur marqué de place en place par quelques nuées blondes. A droite, au fond, au-dessus de hautes herbes, un arbre se dresse.

Signé à droite, en bas.

Toile. Haut., 81 cent.; larg., 1 m. 17.

De Vuillefroy

Vaches au pâturage

25 — Sous bois.

C'est l'automne : les feuilles sont tombées ; les arbres, comme des géants, se dressent le long du sentier, tordant sous le ciel bleu paré de nuages blonds leurs branches orphelines des nids. Au fond, sur le sentier, une femme s'avance, en robe brune et fichu blanc.

Signé à droite, en bas.

Toile. Haut., 50 cent. ; larg., 61 cent.

26 — Paysans de Castille.

Dans la plaine, sous le soleil rude, ils s'en viennent vers le marché de la ville prochaine ; les femmes, en costumes aux tons vifs, jaunes, rouges, verts, lilas, se tiennent d'aplomb sur leurs ânes ; à gauche, deux hommes sont montés également sur des ânes et l'un d'eux s'éloigne. Dans le ciel s'envolent de grandes nuées grises, au devant d'autres nuées soufrées.

Signé à gauche, en bas.

Haut., 54 cent. ; larg., 63 cent. 1/2.

27 — L'Herbage.

C'est l'automne : le ciel est gris avec des nuées blondes ; les herbes sont montées. Au troisième plan, à gauche, un arbre se dresse dont les branches commencent à se dépouiller. Au fond, entre d'autres arbres, on aperçoit à droite une meule ; plus loin encore, ce sont des collines, de l'autre côté de la vallée.

Signé à gauche, en bas.

Toile. Haut., 60 cent. ; larg., 81 cent.

28 **Vache normande.**

Elle est vue de profil à droite ; c'est une superbe bête noire et blanche, au front large, au mufle écrasé.

Signé à droite, en bas.

Toile. Haut., 65 cent. ; larg., 80 cent.

Vache normande

50

29 — **La Mare aux canards.**

Au bord de la mare, les canards barbotent et doivent emplir l'air de leurs voix creuses. Au fond, le long d'un mur, d'autres canards sont dispersés.

Signé à droite, en bas, et daté : 75.

Toile. Haut., 38 cent.; larg., 45 cent. 1/2.

220

30 — **Ferme picarde.**

Le troupeau revient des champs et suit le sentier qui conduit à la ferme, située au milieu des arbres et des buissons.

Signé à droite, en bas.

Toile. Haut., 38 cent.; larg., 56 cent.

410
Richter

31 — **Bœuf charolais.**

Au premier plan, un bœuf blanc, au front large, aux cornes acérées; vers la droite, plusieurs vaches sont en train de paître.

Signé à droite, en bas.

Toile. Haut., 60 cent.; larg., 80 cent.

32 — Le Marché de Montereau.

Sur le cours planté de grands arbres, en avant des maisons de la ville, les maquignons en blouse bleue font valoir leurs chevaux aux acheteurs incrédules. De place en place, un chien est arrêté, tandis que les chevaux sont examinés.

Signé à gauche, en bas.

Toile. Haut., 50 cent.; larg., 61 cent.

De Vuillefroy

Le Marché de [illegible]

33 — Les Moutons au pré.

C'est l'été : à la lisière du bois, à travers laquelle on aperçoit une ferme, le troupeau de moutons paît sous la garde du berger en cotte bleue, appuyé sur son bâton.

Signé à gauche, en bas.

Toile. Haut., 80 cent.; larg., 1 m. 16.

34 — Bœufs avant la tourmente.

Sur la falaise qui domine la mer, cinq bœufs se tiennent debout, inquiets : ils sentent venir l'orage. Le ciel est d'un gris de plomb, la mer, couverte d'écume, commence à s'agiter.

Signé à gauche, en bas.

Toile. Haut., 80 cent.; larg., 1 mètre.

35 — Pâturage en Normandie.

Au premier plan, deux vaches, dont l'une accompagnée de son veau; au fond se silhouettent trois autres bêtes. Le soleil brille derrière des nuées sombres.

Signé à droite, en bas.

Toile. Haut., 40 cent.; larg., 55 cent.

36 — Espagnols passant la montagne.

Le troupeau marche devant, poussé par les gardiens montés sur des ânes et des mulets aux harnachements bariolés. Au fond, la montagne se dresse, marquée de place en place par des neiges, sous les nuées qui s'envolent.

Signé à gauche, en bas.

Toile. Haut., 60 cent.; larg., 80 cent.

37 — Troupeau de vaches dans l'Oberland bernois.

Le troupeau s'est arrêté sur le plateau, se détachant sur le fond gris des montagnes ; lasses, quelques bêtes se sont couchées ; au premier plan, un veau tette sa mère.

Signé à gauche, en bas.

Toile. Haut., 1 m. 20 ; larg., 1 m. 60.

Troupeau de Vaches dans l'Oberland bernois

38 — **Les Maquignons.**

Dans la rue, au-devant des fermes, les maquignons font courir leurs chevaux devant le groupe des acheteurs. Le sol et les toits sont couverts de neige. Dans le ciel gris, le soleil hésite à se montrer.

Signé à gauche, en bas.

Panneau. Haut., 16 cent.; larg., 12 cent.

39 — **Troupeau de moutons.**

Dans la prairie, à l'orée du bois, un berger fait paître ses moutons.

Signé à droite, en bas.

Toile. Haut., 38 cent.; larg., 56 cent.

40 — **Torero.**

Monté sur un cheval harnaché en tenue de parade, le torero s'avance, suivi de quelques taureaux et de deux picadores.

Signé à gauche, en bas.

Toile. Haut., 55 cent.; larg., 46 cent.

41 — **Bœufs à la charrue.**

Dans le champ, les quatre bœufs roux tirent la charrue, dont le laboureur guide le soc. Le ciel est tout chargé de nuées d'orage.

Signé à gauche, en bas.

Toile. Haut., 65 cent.; larg., 82 cent.

42 — **Le Retour du troupeau.**

Dans la plaine, sous le ciel chargé de nuées d'orage, le troupeau rentre, conduit par un bouvier aperçu à droite.

Signé à gauche, en bas.

Toile. Haut., 65 cent.; larg., 81 cent.

43 — Le Ruisseau.

Monté sur un cheval blanc, le berger cause à une paysanne au caraco blanc, tandis que ses deux vaches se désaltèrent ; c'est l'été, le soleil est déjà chaud ; au fond, à travers le feuillage, une maison au toit rouge se dessine.

Signé à gauche, en bas.

Toile. Haut., 1 cent. 20 ; larg., 1 cent. 60.

44 — Cour de ferme, à Chailly.

Dans la cour de la ferme, près d'une mare, deux charrettes sont dételées : l'une, à gauche, est chargée de fumier, l'autre est vide. Au fond, on aperçoit un puits dans le mur. Dans les premiers plans, sur le sol, des poules sont en train de picorer.

Signé à gauche, en bas.

Toile. Haut., 53 cent. 1/2 ; larg., 65 cent.

45 — Taureaux espagnols.

Sur le plateau, dans la sierra, les gardians poussent devant eux quelques taureaux qui soulèvent sous leurs pas précipités une poussière épaisse. Au fond, l'un des gardians est en selle sur un cheval blanc.

Signé à gauche, en bas.

Toile. Haut., 46 cent. ; larg., 66 cent.

46 — Vaches au repos.

Dans un pré, deux vaches sont couchées ; une troisième se tient debout, de profil. A gauche, à l'ombre de frondaisons estivales, coule un petit ruisseau.

Signé à droite, en bas.

Toile. Haut., 50 cent. 1/2 ; larg., 62 cent.

47 — Le Départ pour le pâturage.

Les bœufs et les veaux s'éloignent de la ferme, qu'on aperçoit à droite, et s'en vont vers les pâturages ; leur silhouette se dessine sur les feuillages épais d'un massif d'ormeaux.

Signé à gauche, en bas.

Toile. Haut., 38 cent. ; larg., 55 cent.

48 — Le Taureau.

Dans le pré abrité de pommiers, le troupeau est en train de paitre. Au premier plan, le taureau, les oreilles dressées, parait inquiet; vers la gauche, au pied d'un arbre, le pâtre est couché à côté de son chien.

Signé à droite, en bas.

Toile. Haut., 1 m. 20; larg., 1 m. 60.

49 — En Auvergne.

Dans un pré dont le terrain dévale en pente douce, les bœufs sont en train de paître. A droite, le terrain est planté de sapins. A gauche, on aperçoit un massif d'arbres aux frondaisons dorées par l'automne.

Signé à droite, en bas.

Toile. Haut., 38 cent. ; larg., 55 cent.

50 — L'Hiver dans la forêt.

Quelques bruyères émergent encore du sol tout ouaté de neige. Et dans la profondeur du bois, les arbres, aux branches dénudées, s'enveloppent d'une atmosphère violette.

Signé à droite, en bas.

Toile. Haut., 28 cent. ; larg., 56 cent.

51 — La Falaise de Fécamp.

Signé à gauche, en bas.

Haut., 32 cent. ; larg., 40 cent.

52 — Lisière de forêt, à Fleury.

Signé à droite, en bas.

Toile. Haut., 38 cent., larg., 46 cent.

53 — La Mare de Belle-Croix (Fontainebleau).

Signé à gauche, en bas.

Toile. Haut., 38 cent. ; larg., 46 cent.

54 — Les Châtaigniers à Royat.

Signé à droite, en bas.

Haut., 46 cent. ; larg., 38 cent.

55 — **Les Laveuses.**

Signé à gauche, en bas.

Haut., 38 cent.; larg., 46 cent.

56 — **La Rentrée des taureaux.**

Signé à droite, en bas.

Toile. Haut., 38 cent.; larg., 46 cent.

57 — **La Mare aux Évées (forêt de Fontainebleau).**

Signé à gauche, en bas.

Toile. Haut., 38 cent.; larg., 46 cent.

58 — **Bœufs au clair de lune.**

Signé à droite, en bas.

Haut., 38 cent.; larg., 46 cent.

59 — **Après la pluie.**

Signé à gauche, en bas.

Toile. Haut., 38 cent.; larg., 47 cent.

60 — **Un Chemin de Catalogne.**

Signé à gauche, en bas.

Toile. Haut., 38 cent., larg., 46 cent.

61 — **Bourbonnaise.**

Signé à gauche, en bas.

Toile. Haut., 46 cent.; larg., 38 cent.

62 — **L'Abreuvoir.**

Signé à gauche, en bas.

Toile. Haut., 33 cent.; larg., 40 cent.

63 — **Vaches sous des pommiers.**

Signé à droite, en bas.

Toile. Haut., 27 cent.; larg., 40 cent.

64 — **Vieille route d'Honfleur.**

Signé à droite, en bas.

Haut., 35 cent.; larg., 40 cent.

65 — **Étude pour le « Bonjour espagnol ».**

Signé à droite, en bas.

Toile. Haut., 32 cent.; larg., 46 cent.

66 — **Veau couché.**

Signé à droite, en bas.

Panneau. Haut., 32 cent.; larg., 40 cent.

67 — **Veau charolais.**

Signé à droite, en bas.

Panneau. Haut., 32 cent.; larg., 40 cent.

68 — **Le Troupeau (effet d'orage).**

Signé à droite, en bas.

Panneau. Haut., 32 cent.; larg., 40 cent.

69 — La Chaise à porteurs.

Signé à droite, en bas.

Toile. Haut., 40 cent ; larg., 33 cent.

70 — La Sierra d'Avila.

Signé à droite, en bas.

Toile. Haut, 32 cent.; larg., 40 cent

71 — L'Herbage.

Signé à droite, en bas.

Toile. Haut., 33 cent.; larg., 40 cent.

72 — Vache picarde.

Signé à droite, en bas.

Toile. Haut., 32 cent.; larg., 40 cent.

73 — Vaches au pré.

Signé à droite, en bas.

Toile. Haut., 33 cent.; larg., 40 cent.

74 — Soir d'orage.

Signé à droite, en bas.

Panneau. Haut., 32 cent.; larg., 40 cent.

75 — Vache normande.

Signé à gauche, en bas.

Toile. Haut., 33 cent. ; larg., 40 cent.

76 — **Récolte du foin, à Vichy.**

Signé à gauche, en bas.

Toile. Haut., 32 cent.; larg., 40 cent.

77 — **Paysans espagnols.**

Signé à droite, en bas.

Toile. Haut., 32 cent.; larg., 40 cent.

78 — **Masure à Villerville.**

Signé à droite, en bas.

Carton. Haut., 33 cent.; larg., 40 cent.

79 — **Chaumière normande.**

Signé à droite, en bas.

Carton. Haut., 32 cent.; larg., 40 cent.

80 — **Troupeau dans un chemin creux.**

Signé à droite, en bas.

Toile. Haut., 27 cent.; larg., 35 cent.

81 — **La Récolte des betteraves.**

Signé à droite, en bas.

Toile. Haut., 32 cent.; larg., 40 cent.

82 — **Le Bord de l'étang.**

Signé à gauche, en bas.

Panneau. Haut., 32 cent.; larg., 40 cent.

97 — **La Prairie.**

Signé à droite, en bas.

Toile. Haut., 32 cent. ; larg., 40 cent.

98 — **Une Rue d'Avila.**

Signé à droite, en bas.

Toile. Haut., 32 cent. ; larg., 40 cent.

99 — **Mendiant espagnol.**

Signé à droite, en bas.

Toile. Haut., 41 cent. ; larg., 33 cent.

100 — **Vieille Route de Trouville, à Villerville.**

Signé à droite, en bas.

Carton. Haut., 33 cent. ; larg., 40 cent.

101 — **La Plage de Trouville.**

Signé à droite, en bas.

Panneau. Haut., 32 cent.; larg., 40 cent.

102 — **Une Métairie.**

Signé à gauche, en bas.

Panneau. Haut., 41 cent. ; larg., 32 cent.

103 — **Le Lavoir.**

Signé à gauche, en bas.

Panneau. Haut., 32 cent ; larg., 41 cent.

104 — **Marché en Espagne.**

Signé à droite, en bas.

Toile. Haut., 32 cent.; larg., 40 cent.

105 — **Bœufs sous les pommiers (effet de soir).**

Signé à droite, en bas.

Toile. Haut., 33 cent.; larg., 41 cent.

106 — **Paysanne dans une clairière.**

Signé à droite, en bas.

Toile. Haut., 33 cent.; larg., 41 cent.

107 — **Mare en forêt.**

Signé à droite, en bas.

Toile. Haut., 32 cent.; larg., 41 cent.

108 — **Une Rue à Ségovie.**

Signé à droite, en bas.

Toile. Haut., 32 cent.; larg., 40 cent.

109 — **Marché aux chevaux.**

Signé à gauche, en bas.

Toile. Haut., 32 cent.; larg., 40 cent.

110 — **Étude de paysage basque.**

Signé à droite, en bas.

Toile. Haut., 32 cent.; larg., 41 cent.

111 — **Ferrade en Camargue.**

Signé à droite, en bas.

Toile. Haut., 32 cent.; larg., 41 cent.

112 — **Vaches au pré.**

Signé à droite, en bas.

Toile. Haut., 33 cent.; larg., 41 cent.

113 — **Pâturage du Midi.**

Signé à droite, en bas.

Toile. Haut., 33 cent.; larg., 40 cent.

114 — **Le Torrent.**

Signé à gauche, en bas.

Haut., 33 cent.; larg., 41 cent.

115 — **Le Soir.**

Signé à droite, en bas.

Toile. Haut., 33 cent.; larg., 41 cent.

116 — **Étude pour la gardeuse de vaches.**

Signé à droite, en bas.

Toile. Haut., 33 cent.; larg., 41 cent.

117 — **Pâturage en été.**

Signé à droite, en bas.

Toile. Haut., 32 cent., larg., 41 cent.

118 — **Vaches dans la prairie (effet de matin).**

Signé à droite, en bas.

Toile. Haut., 32 cent.; larg., 41 cent.

119 — **Troupeau dans les Pyrénées.**

Signé à droite, en bas.

Toile. Haut., 27 cent.; larg., 41 cent.

120 — **Vaches paissant (effet de matin).**

Signé à gauche, en bas.

Toile. Haut., 32 cent.; larg., 41 cent.

121 — **Pâturage dans le Midi (effet de matin).**

Signé à gauche, en bas.

Toile. Haut., 33 cent.; larg., 41 cent.

122 — **Ferme aux environs de Chailly (S.-et-M.).**

Signé à droite, en bas.

Panneau. Haut., 26 cent.; larg., 40 cent.

123 — **Vaches au pâturage (effet de nuit).**

Signé à droite, en bas.

Toile. Haut., 27 cent.; larg., 41 cent.

124 — **Les Meules.**

Signé à droite, en bas.

Panneau. Haut., 26 cent.; larg., 40 cent.

125 — **Vache rousse paissant.**

Signé à droite, en bas.

Toile. Haut., [illegible] cent.; larg., 41 cent.

126 — **Bœufs dans la prairie (paysage du Midi).**

Signé à droite, en bas.

Toile. Haut., 33 cent.; larg., 41 cent.

127 — **Dans la montagne.**

Signé à droite, en bas.

Toile. Haut., 54 cent.; larg., 65 cent.

128 — **Sur la montagne, en Auvergne.**

Signé à gauche, en bas.

Toile. Haut., 38 cent.; larg., 55 cent.

129 — **Taureaux en Camargue.**

Signé à droite, en bas.

Toile. Haut., 46 cent.; larg., 55 cent.

130 — **Paysans de Catalogne.**

Signé à droite, en bas.

Toile. Haut., 38 cent.; larg., 55 cent.

131 — **Pâturage au soleil levant.**

Signé à gauche, en bas.

Toile. Haut., 59 cent.; larg., 79 cent.

132 — **Mulets en Espagne.**

Signé à gauche, en bas.

Toile. Haut., 60 cent.; larg., 80 cent.

133 — **Le Marché.**

Signé à gauche, en bas.

Toile. Haut., 53 cent.; larg., 76 cent.

134 — **L'Abreuvoir.**

Signé à gauche, en bas.

Toile. Haut., 54 cent.; larg., 68 cent.

135 — **Vaches sur la falaise.**

Signé à droite, en bas.

Toile. Haut., 50 cent.; larg., 60 cent.

136 — **Étude de taureaux.**

Signé à gauche, en bas.

Toile. Haut., 46 cent.; larg., 60 cent.

137 — **Vaches au pâturage.**

Signé à droite, en bas.

Toile. Haut., 50 cent.; larg., 60 cent.

138 — **Chevrier espagnol.**

Signé à droite, en bas.

Toile. Haut., 46 cent.; larg., 55 cent.

139 — **Trois têtes de sangliers.**

Signé à gauche, en bas.

Toile. Haut., 38 cent.; larg., 55 cent.

140 — **Étude pour « la Gardeuse de vaches (effet de matin) ».**

Signé à droite, en bas.

Toile. Haut., 38 cent.; larg., 55 cent.

141 — **Chevaux au bord d'une mare.**

Signé à droite, en bas.

Toile. Haut., 38 cent.; larg., 55 cent.

142 — **Troupeau de poulains**

Signé à droite, en bas.

Toile. Haut., 38 cent.; larg., 55 cent.

143 — **En Normandie.**

Signé à droite, en bas.

Toile. Haut., 38 cent.; larg., 55 cent.

144 — **Vache normande.**

Signé à gauche, en bas.

Toile. Haut., 38 cent.; larg., 55 cent.

145 — **Paysage.**

Signé à droite, en bas.

Toile. Haut., 38 cent.; larg., 55 cent.

146 — **Chevreuils au clair de lune.**

Signé à droite, en bas.

Toile. Haut., 38 cent.; larg., 55 cent.

147 — **Vaches au crépuscule.**

Signé à droite, en bas.

Toile. Haut., 38 cent.; larg., 55 cent.

148 — **Étude de vache.**

Signé à droite, en bas.

Toile. Haut., 38 cent.; larg., 55 cent.

149 — **Le Retour à la ferme.**

Signé à gauche, en bas.

Toile. Haut., 38 cent.; larg., 55 cent.

150 — **Vaches buvant.**

Signé à droite, en bas.

Toile. Haut., 38 cent.; larg., 55 cent.

151 — **Vache paissant.**

Signé à gauche, en bas.

Toile. Haut., 25 cent.; larg., 35 cent.

152 — **La Récolte du goëmon.**

Signé à gauche, en bas.

Panneau. Haut., 38 cent.; larg., 39 cent.

153 — **Le Couvent de Sainte-Thérèse, à Avila.**

A gauche, le haut de la chapelle du couvent se dresse au-dessus d'un mur, le long duquel descend une rampe.

Au premier plan, sur une terrasse que borde un parapet, un ânier est assis, ayant près de lui ses bêtes chargées de sacs, et arrêtées au soleil.

Au fond, sous le ciel bleu, on aperçoit, de l'autre côté de la vallée, le sol qui monte et s'érige en colline.

Signé à droite, en bas.

Toile. Haut., 60 cent.; larg., 81 cent. 1/2.

154 — **Le Retour à l'étable.**

Signé à droite, en bas.

Panneau. Haut., 32 cent.; larg., 40 cent.

155 — **Anes à Ségovie.**

Signé à droite, en bas.

Toile. Haut., 31 cent.; larg., 40 cent.

156 — **Vaches poursuivies par un chien.**

Signé à gauche, en bas.

Toile. Haut., 38 cent.; larg., 46 cent.

157 — **Poulains au pré.**

Signé à droite, en bas.

Toile. Haut., 38 cent.; larg., 55 cent.

158 — **Marine.**

Signé à droite, en bas.

Toile. Haut., 41 cent.; larg., 60 cent.

159 — **Le Vallon.**

Signé à gauche, en bas.

Toile. Haut., 50 cent.; larg., 60 cent.

160 — **Hautes herbes.**

Signé à gauche, en bas.

Toile. Haut., 50 cent.; larg., 60 cent.

161 — **Paysage d'automne.**

Signé à droite, en bas.

Toile. Haut., 38 cent ; larg., 55 cent.

162 — **Les Broussailles.**

Signé à droite, en bas.

Toile. Haut., 38 cent.; larg., 55 cent.

163 — **Sous bois.**

Signé à droite, en bas.

Toile. Haut., 55 cent.; larg., 38 cent.

164 — **Troupeau de vaches.**

Signé à droite, en bas.

Toile. Haut., 38 cent.; larg., 55 cent.

165 — **La Côte.**

Signé à droite, en bas.

Toile. Haut., 38 cent ; larg., 55 cent.

166 — **La Colline.**

Signé à droite, en bas.

Toile. Haut., 38 cent.; larg., 55 cent.

167 — **Le Braconnier.**

Signé à droite, en bas.

Toile. Haut., 38 cent ; larg., 55 cent.

168 — **La Plaine.**

Signé à droite, en bas.

Toile. Haut., 38 cent.; larg., 55 cent.

169 — **Étude de vache.**

Signé à droite, en bas.

Toile. Haut., 60 cent.; larg., 38 cent.

170 — **Étude pour la « Gardeuse de vaches (effet de matin) ».**

Signé à droite, en bas.

Toile. Haut., 38 cent.; larg., 55 cent.

171 — **La Mare aux canards.**

Signé à gauche, en bas.

Toile. Haut., 38 cent.; larg., 55 cent.

172 — **La Futaie.**

Signé à gauche, en bas.

Toile. Haut., 38 cent.; larg., 55 cent.

173 — **Sous bois.**

Signé à droite, en bas.

Toile. Haut., 38 cent.; larg., 55 cent.

174 — **Flirt.**

Signé à gauche, en bas.

Toile. Haut., 46 cent.; larg., 55 cent.

175 — **Chevreuils au crépuscule.**

Signé à gauche, en bas.

Toile. Haut., 38 cent.; larg., 55 cent.

176 — **Le Bout du pré.**

Signé à droite, en bas.

Toile. Haut., 38 cent.; larg., 55 cent.

177 — **Taureaux de course.**

Signé à droite, en bas.

Toile. Haut., 36 cent.; larg., 55 cent.

178 — **Taureaux espagnols.**

Signé à droite, en bas.

Toile. Haut., 46 cent.; larg., 55 cent.

179 — **Vaches à l'abreuvoir.**

Signé à droite, en bas.

Toile. Haut., 32 cent.; larg., 40 cent.

180 — **Étude de grève.**

Signé à droite, en bas.

Carton. Haut., 33 cent.; larg., 40 cent.

181 — **Vache paissant.**

Panneau. Haut., 17 cent.; larg., 24 cent.

182 — **Bords de mare.**

Panneau. Haut., 16 cent.; larg., 24 cent.

183 — **Les Chardons.**

Carton. Haut., 24 cent.; larg., 33 cent.

184 — **Vaches à l'abreuvoir.**

Panneau. Haut., 17 cent.; larg., 24 cent.

185 — **Cheval dans la prairie.**

Signé à droite, en bas.

Panneau. Haut., 27 cent.; larg., 35 cent.

186 — **La Barrière.**

Signé à droite, en bas.

Panneau. Haut., 27 cent.; larg., 35 cent.

187 — **Lever de jour en Espagne.**

Signé à droite, en bas.

Panneau. Haut., 20 cent.; larg., 30 cent.

188 — **Veau têtant sa mère.**

Signé à gauche, en bas.

Toile. Haut., 54 cent.; larg., 65 cent.

189 — **Vaquero.**

Signé à droite, en bas.

Toile. Haut., 46 cent.; larg., 55 cent. 1/2.

190 — **Prairie.**

Signé à droite, en bas.

Toile. Haut., 60 cent.; larg., 80 cent. 1/2.

191 — **Taureaux dans la sierra.**

Signé à droite et à gauche.

Toile. Haut., 46 cent.; larg., 36 cent.

192 — **Effet de neige.**

Signé à droite, en bas.

Toile. Haut., 38 cent.; larg., 56 cent.

193 — **Les Chardons.**

Signé à droite, en bas.

Toile. Haut., 38 cent.; larg., 55 cent.

194 — **Clair de lune.**

Signé à droite, en bas.

Toile. Haut., 46 cent.; larg., 56 cent.

195 — **Bœufs sous bois.**

Signé à gauche, en bas.

Toile. Haut., 50 cent.; larg., 61 cent.

196 — **Vaches à la baignade.**

Signé à droite, en bas.

Toile. Haut., 38 cent.; larg., 55 cent.

197 — **Bœufs au pâturage.**

Signé à droite, en bas.

Toile. Haut., 38 cent.; larg., 55 cent.

Aquarelles & Dessins

198 — **Génisse.**

Dans le pré qui longe l'orée du bois, une génisse à la robe bai cerise tachetée de blanc s'avance de profil à gauche, le mufle relevé, flairant le vent.

Au fond, au-dessus des arbres du bois, le ciel apparaît bleu avec des nuées blondes.

Signé à droite, en bas.

Haut., 58 cent.; larg., 55 cent.

199 — **Le Pâturage.**

Aquarelle.

Signé à gauche, en bas.

Haut., 27 cent.; larg., 38 cent.

200 — **Lever de lune.**

Aquarelle.

Signé à droite, en bas.

Haut., 51 cent.; larg., 48 cent.

201 — **La Dune.**

Aquarelle.

Signé à droite, en bas.

Haut., 26 cent.; larg., 40 cent.

202 — **Bœufs sous les sapins.**

Aquarelle.

Signé à droite, en bas.

Haut., 27 cent.; larg., 59 cent.

203 — **Dans le Jura.**

Aquarelle.

Signé à droite, en bas.

Haut., 18 cent.; larg., 32 cent.

204 — **Paysage de la Loire.**

Aquarelle.

Signé à droite, en bas.

Haut., 15 cent.; larg., 20 cent.

205 — **Poulains dans la prairie.**

Dessin.

Signé à droite, en bas.

Haut., 22 cent.; larg., 32 cent.

206 — **Veau couché.**

Aquarelle.
Signé à droite, en bas.

Haut., 28 cent. ; larg., 38 cent.

207 — **Chasse au sanglier.**

Aquarelle.
Signé à droite, en bas.

Haut., 37 cent. ; larg., 27 cent.

Atelier F. de VUILLEFROY

TABLEAUX & AQUARELLES

Carte d'Entrée à l'Exposition Particulière

GALERIE GEORGES PETIT, 8, Rue de Sèze

Le Dimanche [illegible] Mars [illegible], de [illegible] heures à [illegible] heures

COMMISSAIRE-PRISEUR	EXPERT
Mᵉ PAUL CHEVALLIER	M. GEORGES PETIT
10, rue Grange-Batelière	*8, rue de Sèze*

RED. :

26

MIRE ISO N° 1
NF Z 43
AFNOR

0 1 2 3 4 5 6 7 8 9 10

BIBLIOTHÈQUE
NATIONALE
DE FRANCE
* * * *
CHATEAU
DE
SABLÉ
1997

www.ingramcontent.com/pod-product-compliance
Lightning Source LLC
LaVergne TN
LVHW020327230826
846091LV00003B/794

* 9 7 8 2 3 2 9 2 3 6 3 8 4 *